KB177318

시간은 기억의 수레를 끌고

지혜사랑 269

시간은 기억의 수레를 끌고

배기환 시집

지혜

시인의 말

시의 강박관념에 압류되어 있는 나에게
오늘도 진한 커피 한 잔을 권한다

이

  詩

    는

     어쩌면 내 삶의 符籍일지도 모른다

시인이자 극작가인 셸리는
시인은 어둠 속에 앉아 자신의 외로움을 달래기 위해
아름다운 목소리로 노래하는 나이팅게일이라 했던가

나는 지금 나에게 묻는다
"너는 제대로 노래하고 있는가?" 하고

2023. 7.
배 기 환

차례

1부

2부

3부

4부

1부

도시의 매너리즘

각양 각색의 자동차를 사육하고 있는 거대한 이 도시의 거리로 나서면 봄 햇살 같은 열정을 묻어둔 채 지리멸렬한 시간을 갉아먹는 초침 소리가 요란하다

삶의 덫에 걸린 행인들이 비밀번호를 입력시키며 무표정하게 걷고 있는 횡단보도가 나를 뛰어 건너고 18층 건물에서 번지점프를 하는 바람 속엔 살을 익혀버릴 듯한 따가운 햇살이 눈을 부릅뜨며 카오스를 물어 뜯어버릴 것이라고 잔뜩 벼르는 것 같다

내비게이션 속의 가변차선 안으로 빨간색 에스 유 브이 자동차 한 대 요란한 경적을 울리며 가속 페달을 힘껏 밟기 시작하였다

하늘에는 격납고를 막 벗어난 항공기 한 대가 시가지를 내려다보며 비실비실 웃고 있다

산속에 심어둔 무지개

토실토실 잘 익은 무지개 씨앗을 산속에 뿌려 두고
그것이 빨, 주, 노, 초, 파, 남, 보로 튼튼하게 자라나
서녘 하늘의 천연색 노을로 타오르기를 염원하였다
그러나 그 무지개는 하늘로 돌아가지 못하고
그대로 산속을 방황하다가 그해 봄이 가고
여름이 지나자 산은 온통 불바다가 되고 말았어,

무지개는 시시때때로 촉촉한 연모의 이슬을 머금고
붉게 타오르는 열정을 진정시키며 때로는
짙은 울음 속에 온몸이 알록달록해지기도 한다
그해 겨울이 되자 처참한 모든 거짓이 모조리
땅속으로 유폐되고 다시 이듬해 봄이 돌아오자
그는 여과 없이 피어나는 파란색의 메아리가 되었다

시간은 기억의 수레를 끌고

　시간은 서서히 기억의 수레를 끌고 가파른 언덕길을 오른다

　과속방지턱을 겨우 넘어선 내 우주선 솔롱고스호*는 지금 광대무변한 블랙홀의 난간이 열리기를 기대하며 시동을 걸지만 시야가 그렇게 밝지 못하다

　소란스럽던 바람이 우주의 문을 활짝 연다

　우주 속에 펼쳐진 사막에서 낙타가

　지평선을 물고 달려온다

　이래도 괜찮은 것일까?

　아무래도 세상일들이 석연치가 않다

　영혼과 영혼끼리 친숙하게 교미하여

　수정된 광입자가 은밀하게 숨어서

　지평선을 바라본다

　가장 튼튼하고 건강한 지구와 가장 아름다운 별들을 사주하여 또 다른 우주 하나를 만들지도 모르겠다

　어쩌면 그 우주 때문에 거대한 지진과 쓰나미를 동반한 천지개벽이 도래해 올지도 모르면서,

* 필자의 ID

목마른 시간

나를 통과할 땐 세상과는 잠시 격리되어
목마른 시간을 순한 알코올로 적시며
끊임없이 돋아나는 기억들은 모두 잘라야 해요
그러면 나는 당신을 아름답게 편집해 드릴게요

불을 끄면 무성한 타자들이 느린 동작으로
일어서는 틈새를 비집고 은퇴한 영웅들의
그림자가 한데 어울려 밤마다 함께 춤을 추고
아침이 되면 방파제로 달려 나가 지난밤 카톡에
쌓아둔 잡념들은 사정없이 물속에 버렸습니다

누군가 오랫동안 눈을 감고 누워있는 모습은
말없이 피어날 승무를 연상시키지만 그러나
그것이 다시 깨어날 수 있는 능력인지
발악인지는 아직 그렇게 중요하지 않습니다

어차피 운명은 하늘이 결정하는 것 아닌가요
드디어 수면 아래로 침잠되는 외로움의 무게가
묵직하게 부풀어 오르기 시작했습니다
아무 생각 하지 말고 나를 그냥 통과하십시오

벽 속으로 들어간 풍문들

성난 하이에나의 울음소리로 들려오는
세찬 바람이 구멍 뚫린 벽과 벽 사이에 계류된
시간을 잘라먹으며 마스크를 눌러쓴
한적한 도시를 배회하고 있다

차라리 풍토병이라면 푸닥거리라도 해볼 것을
국제 질병분류표에도 색인되지 않는다는
지독한 역질과 미스터 트롯에
지금 세상은 몹시 시달리는 중이다

덩달아 낮과 밤을 오가며 난무했던 가짜 뉴스들은
그 사이 벽 속으로 들어가 몸을 숨기고
벽에 걸어두었던 모난 얼굴에선
곰팡이들이 걸어 나와 수채화를 그린다

세 갈래의 골목이 통하는 담장 밖에서 마주친
검은 그림자는 날렵하게 안갯속으로 사라지고
담장 안 깊숙한 곳까지 석양이 침투하는 동안
생각은 고비사막 한가운데를 걷기 시작하였다

바람과 전갈들이 득실거리는 사구砂丘를 넘어
오아시스를 무단 점령한 낙타가 힘겹게

지평선을 끌고 빌딩으로 들어간다
벽 속에서는 계속 앵무새가 울고 있다

백미러 속에 채집된 도시

감각의 백미러 속으로 채집된 낡은 건물들이
방황하고 있는 도심의 풍경과
고립된 또 하나의 고정관념이 황색 차선을
수없이 넘나드는 동안 지구촌 어디에선가
발원한 괴질이 세상을 잔뜩 긴장시킨다

지금 내가 밟고 있는 이 도시의 한 귀퉁이에서
잠시도 쉴 틈 없이 오고 가는 행인들의
달팽이관 속으로 귀신고래의 아가미에서
전파되는 숨비소리처럼 황당무계한
가짜 뉴스들이 수시로 타전되고

건너편 건물 옥상에 설치된 대형 전광판의
모니터 속엔 시그널이 흐르고 갑자기 우주복에
검은 장화를 신은 야생 멧돼지 무리가 가파른
산 능선을 입에 물고 이리저리 뛰어다니다가
갑자기 화면 속을 뚫고 튀어나온다

고공의 도시

거대한 이 도시의 포장을 뜯으면 콘크리트 괴물들이
서로 얼굴을 마주 보며 깔깔깔 웃고 있다
도시의 층고는 하루가 다르게 상승하고
상승하는 층고 속으로 지리멸렬한 시간을 녹여 먹는
초침 소리가 적막을 깨운다

일상이라는 공간 안에 압류된 사람들이
내비게이션 속에 갇혀 변경 비트에 장치된
붉은색 비밀번호를 되네며 가스 라이팅 되고
가끔 건물 옆구리에서는 사이렌 소리가 흘러나왔다

길 건너 고층 빌딩 옥상의 대형 전광판에서 점멸되는
맹목적인 생각들이 가상화폐처럼 바람에 휘날리자
앵무새를 가득 실은 좌석 버스가 물끄러미
허공을 쳐다보며 깊은 생각에 잠겨있다

　파도 같은 열정을 꾹꾹 묻어두고 강한 카타르시스를 느끼
는 아스팔트에 황색 실선이 그어지고 에스 유 브이 자동차
한 대 신호를 무시하고 헤프게 웃음을 흘리며 달려가고 있다
　통제 불능의 생각들이 무작위로 방출되기 시작한다

폭우와 고양이

하늘에 숨겨두었던 천둥소리가 컹컹 짖고 폭우가 쏟아진다
순식간에 시간이 물에 잠기며 피아노 건반이 젖고 냉장고
가 젖고 우리들 생각까지 흠뻑 젖었다

저것들을 어쩌나,
급류 속으로 베토벤 교향곡 5번이 둥둥 떠내려간다
냉장고에 저장 중이던 철갑상어와 등 푸른 고등어가 파도
를 토하며 상류로 거슬러 오르고 두개골이 좌우로 흔들리
기 시작했다

가변차선 안에 멈춰 있던 길고양이 한 마리 재빨리 안전
모를 눌러쓰고 수신호를 하며 층계를 따라 빨간 양철 지붕
위로 오른다
세상을 향해 야옹야옹 테너 색소폰을 분다

종편과 유튜브에선 이번 호우로 도처에서 자동차들이 익
사했다는 속보가 뜨고 여기 '죽음을 함부로 버리지 마세요'
라는 경고장이 나붙었다
드디어 수면 위로 그들의 시신이 하나둘 떠오르기 시작
했다
구급요원들이 인공호흡을 시도했지만 이미 장기가 마모
되어 소생이 불가하다

\>

　사체검안 결과 시속 300킬로 미터에서 심장이 정지되어
있었다

　오늘처럼 원인 불명의 저기압 속에 이렇게 폭우가 쏟아지
는 날이면 꼭 실성하는 것들이 있는데, 세상을 할퀴려고 덤
벼드는 가출한 고양이와 막무가내로 도로를 집어삼키는 저
자동차들이다

아스팔트를 뜯어먹고 사는 저 은행나무의 혈액형은 무엇일까

콘크리트 공화국의 이 도시에 한 그루의 나무를 심는다
 세찬 비바람에도 굴복할 줄 모르고 지천으로 그 조직과 계보를 쭉쭉 뻗으며 무성한 욕망의 꽃잎을 한껏 피워줄 질기고 당찬 도시형 나무 한 그루 심는다

 그가 가지고 있는 튼튼한 이빨과
 그가 가지고 있는 강철 같은 내장으로
 아스팔트와 콘크리트로 단단히 무장한 이 도시를
 뜯어먹고 살아도 끄떡없이
 그의 소신과 철학을 펼칠 수 있는
 도시형 나무 한 그루 심는다

 복개천 속으로 은밀하게 쌓여가는 비위와 적폐,
 몹시 상한 저 개울물 길어 먹고도 찡그리거나 투덜대지 않고 우아 우아 노래 부르며 창백한 이 도시를 새파랗게 흔들어 줄 도시형 나무 한 그루 꾹꾹 눌러 심는다
 아스팔트만 뜯어먹고 살아가야 할 저 은행나무의 혈액형은 과연 무엇이 될까

자작나무 숲

한때 자작나무 군락 속의 숲을 동경하며
양치식물들과 어울려 오소리와 고라니가
마음껏 뛰어다니는 깊은 산속을
방황한 적이 있다고 했다
여기저기 자연과 은밀하게 정을 통하며
세상을 짓밟고 다니던 낡고 헤진 빨간 등산화도
그를 무척 사랑하였다

금주로 버림받고 땅바닥에 뒹굴던 빈 소주병이
그 앞에 정중하게 무릎 꿇고 앉아
낭만적으로 사랑을 고백한다

노란 카나리아는 그가 좋아 개명까지 했지만
끝내 이루지 못한 사랑을 비관하며
사랑도 얼마든지 조작이 가능하다는
메시지만 수북이 남기고
자작나무 숲을 훌쩍 떠났다고 한다

단애의 가파른 암벽에서는 잔뜩 허기진
산양 한 마리가 절벽을 오가며 정신없이
석이石茸 버섯을 뜯어 먹다가 둔탁한 그의 뿔로
발정 난 세상을 사정없이 들이받는다

한 편의 시를 쓴다

하얀 눈을 걷으니 그 속에 숨겨진
장미의 알몸에선 붉은 향기가 흐르고
목련의 알몸에선 흰 숨결이 흐른다
그래 장미야, 그리고 목련아
겨우내 칼날 같은 그 추위 견디며
얼마나 마음 시려했느냐?

　살갗이 찢어지는 세찬 폭풍우에 아픔을 겪고서야 비로소
움트기 시작하는 저 꽃망울들, 그렇다 장미꽃 한 송이 한 송
이는 아름다운 아픔 한 송이나 마찬가지다
　그동안 소식이 두절되었던 그에게 빨간 향기 그윽한 아픔
한 송이를 전하기로 하였다

　잠시 침묵을 뛰어넘고 꽃대 속에서
은은하게 귀에 익은 소리가 들려온다
그 소리는 분명 티베트의 어느 사찰에선가
은은하게 들려왔던 싱잉볼 소리 같다
나는 읽던 성경을 덮고 그 음악에 취해
또 그에게 시 한 편을 쓴다

지하도 풍경

수십 번째 방문객도 훨씬 더 거쳐 갔을 지하철 2호선
화장실 앞 만남의 광장 철제 의자 위에 진한 선글라스를 낀
오후 3시가 다리를 꼬고 요염하게 앉는다

그가 들고 있는 배터리가 방전된 스마트폰이
스타벅스 머그잔 속의 블랙커피를 마시며 누군가에게
속보로 문자를 타전하고

이를 물끄러미 쳐다보고 있던 건너편 의자의
모자를 푹 눌러쓴 자주색 가발이 힐끔힐끔 주위를 살피며
슬그머니 일어나 공중화장실 안으로 들어가더니

'장기 매매, 라는 스티커가 붙어있는 소변기 앞에 서서
 이리저리 주위를 살피며 그의 장기를 꺼내 들고 볼일을
본다
 아마 아직도 장기는 꾸준히 사고 팔리는가 보다

구부정한 세상

눈을 감건 눈을 뜨건 상관없이
코를 베어 가는 세상이다
아니 눈과 코를 뿌리까지 뽑아 가버리는 세상이다

자비로우신 부처님 말씀대로
전능하신 성부와 성자와 성신의 이름으로 살아가기란 어
차피 글러 먹은 일이다
자식이 부모에게 덤벼들고 제자가 스승을 해害하고 누군
가의 뒤통수를 치며 등을 처먹어야 직성이 풀리는 그런 세
상이다

후미진 뒷골목 따위를 지나칠 때면
내가 무섭고 네가 무섭고 소름 기가 돋는다
왜 그런지 세상은 자꾸 으슥한 냄새가 난다

이런 세상을 살다 보니 본능적 방어인지 모르지만
언제인가부터 내 손톱을 깎아낸 자리에서 칼이 돋아나고
발톱을 잘라 낸 자리에서 도끼가 자라기 시작하였다
그로부터 내 열 손가락은 칼이 되었고 내 열 발가락은 도
끼가 되었다

나는 시퍼렇게 날 선 열 자루의

도끼와 열 자루의 칼을 들고
구부정한 세상과 싸우며 살아간다

비틀거리는 골목

이제 노동에 지친 피로가
불을 끄고 모두 잠들 시간이다

가파른 삶의 지도 속에 절망의 꽃을 꺾어 든
현란한 밤이 몹시 절룩거린다

불빛 속에 살아 꿈틀거리는
지난 일들은 모조리 유폐되고
견디기 힘든 공복의 시장기가 허공에 빨대를 꽂고
비틀거리는 골목을 배회한다

한때는 눈부신 이력을 팔며
한없이 축배를 들던 이제는 직업이 노숙자가
되었다는 사내들이 역병으로 구겨진
일상이 스케치 된 석간신문을 깔고 앉아

시린 마음의 종이컵에 소주를 따르며
노가리 안주처럼 세상을 자근자근 씹는다

2부

하늘 공원

저승사자의 검은 웃음에 유인된 주검들이
차곡차곡 야적되어 산을 이뤄 가는 하늘 공원*
품속으로 또 한 인생이 눈물 공양 받으며
등고선을 밟고 천천히 들어선다

그 어떤 장신구나 소지품 하나 없이
그저 얇은 삼베 수의 하나만 달랑 걸쳤을 그는
이승을 두고 가는 것인지 아니면
이승을 버리고 가는 것인지 자세히 알 수 없지만

뒤를 따르는 진한 울음소리 들어보니 아무래도
생의 욕망을 더 이상 감당할 수 없었던지
전생의 그림을 다 마무리하지 못하고
세상을 놓아버린 듯하다

사람들은 누구나 다 죽는다고 하면서도
자신은 죽지 않을 것처럼 생각한다**
그러나 사람들은 죽는 것을 다 알고 있다
그런데도 마치 그것을 알지 못하는 듯
미친 듯이 살고 있는 것이다

* 양산에 있는 천주교 공원묘지
** 리처드 박스터

30

잡목들의 항변

　내가 자주 오르던 그 산은 언제나 젊음과 패기가 충만하고 유 무선상의 생각들이 풍부한 푸른 제국이었어
　그러나 어느 날부터 신원이 불분명한 국적 불명의 희귀 잡목들이 드나들고 정체불명의 새들이 날아와 공화국 심장부를 콕콕 쪼며 격렬한 성토와 시위를 벌이는 일이 잦고부터 그는 벌거숭이가 되고 말았다

　한때 민주주의를 발가벗겨 거꾸로 매달아 놓고 물고문을 가하며 심신이 부서지도록 모질게 두들겨 패던 암울한 그 시대에도 이들은 나이테처럼 은밀하게 새겨둔 불온 문서들을 꺼내 읽으며 거창하게 빅뱅 이론을 통해 헬륨과 수소를 만들어 우주 정복을 꿈꾼 적도 있었어

　물론 그 꿈은 쉽게 이뤄지지 않았지만, 새소리가 잘 들리지 않는다고 불평불만을 늘어놓던 늙은 여우들이 하얀 어둠을 앞세우고 무작위로 나타나 자작나무를 잡아먹기 시작한 것도 바로 그때야
　어리석을 소나무와 굴참나무 민중들은 아직도 꿈을 깨지 못하고 파란 메아리를 찾아 방황 중이지

가시 돋친 말

어찌 된 일인지 갑자기 귀가 먹먹하다
약간의 통증과 함께 말이 잘 들리지 않는다
이비인후과에 갔더니 의사는 내시경으로 귀속을 이리저
리 살피더니 별것 아니라며 지금 양쪽 귓속에 가시 돋친 말
들이 꽉 차 있단다

　가-시-돋-친-말

그놈들이 달팽이관을 콕콕 찔러대서
귀가 먹먹해지고 말이 잘 들리지 않는단다
언어에 매달려 있는 뾰족하고 날카로운 가시들, 나는 그
길로 돌아와 양쪽 귀에 수북이 쌓여있는 그 가시들을 면봉
으로 후벼 파내었다

땅 파서 폰 파는 집

주머니 속에서는 봉인된 시간을 뜯고
요란하게 앵무새가 울었다
사람들이 붐비는 아파트 상가 건물 일 층에
오색풍선 나풀거리며 "땅 파서 폰 파는 집"이라는
다소 이색적인 간판을 내걸고
DDR 음악을 실실 흘리며
사람들의 시선을 잡아당기고 있는데

땅을 파고 폰을 파 낸다니 아마도 저 집주인은
검은 콘크리트 바닥을 파헤치고 스마트폰
노다지라도 발견한 모양이다
아니면 포클레인의 디엔에이를 물려받았거나
그것도 아니면 두더지가 그의 조상이었던 것일까

땅 파서 폰 파는 집 진열대에 웅크리고 앉아
주인을 기다리고 있는 각종 핸드폰의 태반 속엔
유튜브와 구비문학들이 성장하고 두더지가
지구의 한 모퉁이를 뭉개고 있는 이 순간에도
앵무새는 요란하게 컬러링을 읊는다

청사포

초 여름밤 청사포에 들렸더니 파도의 멱살 꽉 붙들고 있
는 테트라포드 군단 맨 끄트머리에서 배선 굿 놀이*가 한
창이다

바람과 잡신雜神 거두고 그동안 수장된 수부들 혼 달래며
바다의 태평성대와 풍어를 빌고 비는 징 소리가 날 붙들고
잠시 좀 쉬었다 가라 한다

마침 등대 앞을 지나던 낡은 유람선 한 척,

세파에 찌든 몸 삐거덕거리며 "돌아와요 부산항"을 목이
터지라 외쳐댄다

낮술에 취해 잠든 낚시꾼의 꿈속에선 연신 자리돔이 입질
하고 매립지 한 편엔 에이치 빔에 찔린 파도가 비명을 지르
며 파란 피를 흘리고 있다

* 해운대 지방에서 올리는 풍어제

짝퉁 전성시대

유기농 시간을 매달아 놓은 출구가 불분명한
조립식 건물 안쪽은 국적 불명의 음악들이 난무하고
욕망만큼 벌겋게 달아 오른 숯불 위엔
탐탁치 못한 세상의 담론들이 보글보글 끓고 있다
텔레비전 모니터 속엔 결혼이 삶의
필수요건일 수 없다고 항변하는
대본에서 만난 짝퉁 신랑과 짝퉁 신부가
서로 젊음을 담보로 알콩달콩 데이트를 즐긴다

한 이 삼십 년 전쯤으로 소급된 한 중년도
미래에 꺼내 볼 아련한 추억거리를 만들기 위해
젊음을 사칭하고 있으니 말하자면
그 젊음도 엄연히 짝퉁인 셈이다
몸에 꽉 끼는 청바지와 짝퉁 몽클레어 티 셔츠에
짝퉁 구찌 운동화를 신고 때로는 세상을
컹컹 물어뜯으며 블랙홀의 공전과 자전을 넘어
화이트홀처럼 눈부시게 밝아오는 시간을 기다린다

영축산 가는 길

화사畵師의 오색 붓 길이
사바를 돌아 산문에 이른다
도솔 천궁 뿌리 깊은 그 무지개는
화엄의 노래 부르며 하늘로 높이 치솟고
생로병사의 고통 이기려 지그시 눈을 감고
선정에 든 불타佛陀

하늘과 바다가 맞닿은 데서만 보인다는 수미산
그러나 어디에도 존재하지 않는 금강의 문을 열면
노을을 울컥울컥 삼켰다 뱉어내는
그의 골짜기가 보인다고 한다

한번 들어서면 좀처럼 다시
돌아 나오기 싫다는 영축산 가는 길,
산속으로 들어서면
백팔 번뇌도 물이 되는지 사람들은
자꾸 그 속으로 들어가고 싶어 한다
그러나 그 자리에는 물도 불도 아무것도
남아있지 않은 무無다

산사의 저녁

온몸을 휘감던 푸른 기억이 동안거 중이던 함박눈 속의
천왕문 앞 홍매화도 노을을 문지르며 어둠을 슬슬 게워 내
고 있다
명부전과 구룡지의 시계視界에도 벌써 땅거미 지고 툭툭
죽비소리 들려오니 아무래도 바라 공양 시간인가 보다

고해와도 같은 속세 미련 없이 버리고 일찍이 산문에 들
었을 대승의 사리를 담은 부도탑도 바람이 읊는 법문에 귀
기울이며 번뇌를 쫓고 어둑어둑한 풍경 속에 산 다람쥐 한
마리 귀엽게 재롱을 부린다

어느새 밤이 깊어 초승달 벌써 열반에 들고 저녁 예불 끝
난 법당의 부처도 촛불도 이제 모두 잠들 시간인가 보다
잠들지 못한 산바람은 적막을 휘적이며 목어를 울리고 우
우우 산을 울린다

봄볕 내리는 계곡

구부정한 생의 뒤안길을 서성거리던 바람은 아직도 세차다
동박새 울음소리 끊이질 않는 산이나 물이나 상큼한 향기
를 포식할 수 있는 곳이라면 어디라도 좋아,

자목련의 입가엔 눅눅한 연정의 향기가 사라지고 따뜻한
햇살이 몹시 그리운 골짜기에는 하얀 이브닝드레스를 입
은 계절이 다시 돌아왔다 잠시 성장판이 멈춰있던 내 생각
도 분주하다

짜깁기

겨레의 한, 절실함은 무엇인가
해 질 무렵, 축복받을 일 하나 없어도
마른 풀잎의 이야기는 우주 관측을 통해
단풍 드는 나이에 아내라는 이름으로
들개의 노래를 부르며 늑대와 춤을 춘다
사막 냄새가 나는 바람의 화석 위에서
녹색 화면을 펼치며 병든 앵무새를 먹고
칼로 두부를 자르다가 곰팡이를 뜯는다
슬픔이라는 이름의 성역에서
목숨보다 소중한 사랑을 나누며
벽이 벽 너머에 수상한 비행법을 알린다
누이야 청진 누이야,
그대 집은 늘 푸른 바다로 넉넉하다
황인종의 시내버스는 금샘을 찾아서
우둔한 답장을 쓰지만 숲에는 문이 없고
비둘기는 상징의 숲을 떠났다

* 부산 시인들이 보내온 시집 제목을 합쳐

딸 아들 구별말고

딸 아들 구별 말고 하나만 낳아 잘 기르자고
나라에서 산아제한을 장려하던 시대에
그는 큰맘 먹고 아들 딸 구별하지 않고
셋을 낳아 잘 길렀다

어느덧 그 아이들이 무럭무럭 자라
딸 아들 구별 말고 많이 낳아 잘 기르자고
나라에서 적극 다산을 장려하는
시대를 맞이하게 된 것이다

그 아이들은 심각한 고민에 빠지게 된다
하나, 둘, 그것도 아니면 셋, 넷,
고민에 고민, 갈등과 갈등을 거듭하다가
딸 아들 낳지 않고 그냥 살기로 했단다

서라벌의 숨결

야성에 잘 길든 내 등산화가 서라벌의 맥박 소리를 딛고
아득한 신라 천 년으로 거슬러 오른다
핏빛으로 물든 늦가을 산속의 계곡을 따라 쉬지 않고 흘
러가는 불국의 맑은 숨소리,

푸석푸석 삭아가는 역사의 질곡처럼 상수리 나뭇잎 덤불
속에 깊이 잠든 용장사가 잠꼬대처럼 금오신화를 읊조리고
세찬 풍우의 칼에 목이 댕강 잘려 한 덩어리 바위로 우뚝 앉
아있는 마애여래 좌상,
어쩌면 그 깊고 넓은 마음까지도 무참하게 도굴된 것은
아닐까

천관 사지와 고운孤雲이 기거했다는 상서장 거쳐 헌강왕
릉에 이르니 은은하게 처용가가 울려 퍼지고 개운포로 가
는 길 일러준다
도솔천 먼 길 향해 끈을 졸라매던 내 등산화 잠시 마애불
앞에 무릎 꿇고 앉자 명상에 든다
배낭 속에 담긴 시간 남김없이 부려놓고 갔던 길 되돌아
다시 번뇌의 길로 드는데 수막새에 새겨진 신라의 미소가
끝까지 나를 따라나선다

청마의 발자국을 찾아

사랑하는 것은 사랑을 받느니보다 행복하다는
청마의 발자국을 찾아 거제도와 통영으로 가기 위해서는
바다 위를 거침없이 달리고 있는 을숙도 대교를 지나
길게 뚫린 해저 터널을 반드시 통과해야 한다

에메랄드빛 하늘이 훤히 내다뵈는
우체국 창문 앞에서 청마는 누군가에게 편지를 썼다지만
나는 푸른 해원을 향하여 손을 흔드는 옥녀봉 절벽에서
뛰어내리는 문동 폭포수*에 마음을 담그며
누군가에게 지금 장문의 카톡을 보낸다

순정은 물같이 바람에 나부끼고**
맑고 곧은 이념의 푯대 끝에 매달린 그리움은
하얀 갈매기처럼 날개를 펴며
파도야 어쩌란 말이냐,
파도야 어쩌란 말이냐,
임은 물같이 까딱 않는데 파도야 어쩌란 말이냐
날 어쩌란 말이냐?

* 거제도에 있는 폭포
** 청마의 시를 일부 차용

윤슬의 푸른 수평선*

쿠릴열도 지나 오호츠크해로 접어들면 멀리 섬처럼 떠 있던 캄차카반도가 눈앞으로 밀려온다
편동풍을 타고 아열대 북쪽 지류와 아한대 남쪽 지류를 형성 바람도 화석으로 만든다는 북태평양,

적요寂寥와 윤슬의 푸른 수평선 헤집고 물속에 빠진 석양이 빨갛게 코피를 쏟았나 보다
몇 모금의 담배가 지독하게 나를 태우며 바다가 서서히 내 몸속으로 밀려드는 동안 물살은 제 살을 뜯어 파도를 만들고 파도는 쉬지 않고 노을을 풀어헤치며 의식과 무의식의 극점에 흩어 놓는다

양탄자처럼 수면 위로 넓게 깔리는 노을
조류 따라 속수무책으로 번져가는 장대한 불의 물결이
바람을 타고 고단한 삶의 조타실로 꾸역꾸역 몰려오면 밤마다 어김없이 권태기는 나를 찾아왔다

시간으로 단단히 포박해야 하는 긴 항해의 고충
어둠 속에 잠든 뱃길은 심하게 투정을 부리며 푸념처럼 허우적거리고 다시 어둠 속으로 허물어지곤 하였다

무심코 지나친 질긴 기억들은 유성으로 떠돌며

바다는 오늘 밤에도 심한 흉 울증처럼 거세게 울렁거린다
허공을 향해 몸부림치는 파도 붉은 혀 날름거리며 컹컹
짖고 있다 파도 속에 수장된 기억들이 자맥질을 한다

* 제24회 한국해양문학상 대상 수상작

황천荒天에는 안전벨트가 없다*

적막만 투숙하는 야간 항해의 조타실은 언제나 항적의 짙은 고뇌가 주인이다 어둠의 장막에 휘감긴 바브엘만데브 해협이 이리저리 몸을 뒤척인다

칼날같이 덤비는 하얀 파도의 너울 타고 홍해를 지나 뭄바이 항으로 향하는 뱃길, 오늘 밤도 필시 바람은 하이에나처럼 선체의 우현과 좌현을 무참히 물고 뜯으며 황천이 닥쳐올지도 모른다

언제 닥칠지 모르는 황천에는 안전벨트가 없다

"마스트의 태극기를 빨리 내려라, 항속을 18노트 이상으로 올리고!" 쌍안경을 들고 있던 캡틴의 고함에 갑자기 선내는 긴장감이 흐른다

그렇다 바이킹의 후예를 자처하며 약탈과 탈취를 노리는 악명 높은 해적들이 지금 어디선가 우리를 노려보고 있을 것이다

쉽사리 잠들지 못하는 파도의 아가리가 게워 내는 극도의 공포감에 등이 오싹해진다

한바탕 거친 해일이 휩쓸고 간 미명의 밤바다

수평선 위에 붙박여 있던 별들이 하나둘 제모습을 감추고 마파람에 물결과 물결 사이에서 피어나는 해무와 오롯이 젖어오는 뭍에 대한 그리움만 흐느적거린다

한동안 손에 땀을 쥐게 하는 긴장감 속에 수평선만 바라

보며 정신없이 달리다 보니 토네이도처럼 저돌적이던 피칭
도 파도의 알리바이를 지우며 잠잠해지고 이제 아라비아해
에도 여명이 밝아온다

　레이더의 모니터 화면엔 스크루가 심해의 아침잠을 깨우
며 에메랄드빛 파도가 춤을 춘다

　위대한 항해사는 거칠고 험난한 바다가 만드는 법

　드디어 환상의 스코트라섬**이 서서히 모습을 드러내고
있다

　* 부산일보 해양문학상 수상작
　** 인도양에 있는 예멘령의 섬

3부

그 여자

겨울이 되면 박제된 밍크의 울음소리를
목에 두르고 다니는 그녀에게서
짙은 화장품 향기 대신
지독한 부르주아의 냄새가 난다
어쩌다 엘리베이터에서 마주치는
그녀의 얼굴에서 편집되는 표정 속엔
사바나의 치타에게 쫓기며 도망 다니는
불안한 영양의 표정 같은 것을 읽을 수 있는데
어디를 훑어봐도 전기나 도시가스, 음식물 쓰레기 따위와
깊은 우정을 나누며 세상을 세탁하고 수선하고
다림질하며 살아가는 여느 여인네들과는 아무래도
거리가 멀다는 것을 단번에 알아볼 수 있는데
하얀 푸들 한 마리가 그가 부양하고 있는
유일한 가족이라고 알려진 그는 코로나로
흑백 마스크가 패션이 되어버린 지금도 마스크 대신
짙은 선글라스 속에 얼굴을 감추고 다닌다

을숙도 풍경 1

갈매기 부리에 찔린 서녘 하늘이 객혈한다
바람은 갈대의 허리를 껴안고 춤을 추고
소라 빛 바다 위로 을숙도 대교가 달리고 있다

긴 강을 끌고 온 청둥오리와 도요새들의 유영
그렇다, 강물에 붉은 노을이 출렁이는
낙동강 하구의 가을 풍경은
샤갈이 그려놓은 한 폭의 풍경화다

태백준령의 맥박을 쥐어짜며
강토의 크고 작은 나루를 돌아오느라
긴 여정에 지친 강물이 물안개 자욱한
바다로 뛰어드는 동안

여린 여인의 마음처럼 흔들리는 갈대숲 속으로
다소곳이 내려앉는 저 붉은 노을은
오래된 사진 속에 묻어있는 묵은 그리움이다

을숙도 풍경 2

멀리 윤슬에 일렁이는 저인망 어선 한 척
푸른 바람에 피어나는 순결한
파도의 꽃을 이물에 흩뿌리며
뭍을 향해 반갑게 손을 흔드는 동안
백조와 고방오리와 흑두루미 무리가
옛 둥지를 찾아 활공하고

피로에 지친 강의 디 엔 에이는
푸성귀처럼 싱싱한 푸른 갯물의
심장 속으로 계속 잠행한다

바람에 부화된 삶의 서러운 파도가
투명한 달빛 아래로 부서지고
스콜에 모래톱의 살갗을 뜯어내는
고통과 아픔을 겪어야 하는 하구는
밀물과 썰물의 흔적을 이리저리 더듬는
철새들의 발자국이 모여 사는 곳이다

을숙도 풍경 3

언젠가 훌쩍 떠났던 도요새 무리가
지난 추억을 입에 물고 둥지를 찾아 날아들 때면
모래톱 사이로 숨을 헐떡거리며
피로에 지친 강은 서둘러 싱싱한
바다의 심장 속으로 잠행하고

멀리 파도의 은쟁반 위에 웅크리고 있던
섬 하나가 휘영청 달빛을 뜯어 물고
육지를 향해 손을 흔들며
과거의 시간이 하나하나 겹친다

강물이 바다로 뛰어드는 동안
강가에서는 서로 사랑하면서도
얼굴을 마주 바라보지 못하고
등을 맞대어야만 했던 시절이 있었다
철지난 사랑도 바둑처럼 복기가 가능할까?

격세지감

"길고양이에게 밥을 주지 마세요"라는
푯말 앞에 늙고 병든 고양이 한 마리
지그시 눈을 감고 우두커니 앉아
햇살을 만지작거리며 깊은 상념에 젖어있네

호랑이나 표범과 같은 감히 근접할 수 없는
고양잇과로 분류되어 구린 세상에
향수처럼 영묘향을 풍기며
위엄을 상징하는 영물靈物로
한때는 페스트균 확산 방지를 위해
혁혁한 공을 세웠던 그들이 아니던가

마루 밑이나 담벼락 옆에 간신히 거처 얻고
컹컹거리며 도둑이나 지키던
견공들의 신분과는 달리
세상을 함부로 핥지 않고 체통을 지키며
언제나 안방 아랫목을 차지하고
호의호식하던 그들이

이제 세상이 많이 바뀌어
전용 욕탕과 미용실과 전용 호텔과 카페까지
등장할 정도로 대접받는 견공들과는 달리

어쩌다 저렇게 끼니도 제대로 챙겨 먹을 수 없는
천덕꾸러기가 되고 말았을까?

몰운대 등대

다대포 바다 한가운데 우뚝 선 저 등대는 밤이 되면 고밀도의 시선으로 불을 켜고 파도와 은밀하게 대화를 나누며 한마디로 바다의 사시사철 움직임을 훤하게 꿰뚫어 보면서 눈을 두리번거리고 있다

그는 여명의 일출과 일몰의 노을을 번갈아 들이 마시며 밤낮을 가리지 않고 바다를 지키고, 바다가 펼쳐 놓은 파도의 웃음소리와 파도의 울음소리 새겨들으며 들고나는 배 일일이 탐색하고 있다

거센 파도의 허리춤을 꽉 붙들고 있는 방파제 위에 포세이돈 신전처럼 우두커니 서서 몰운대를 응시하고 있는 빨간 등대에 묻는다
지난밤 얼마나 많은 불씨를 파도 속에 은밀히 숨겨 두었느냐?

이어폰

햇살이 차츰 시들어 가고 있는 오후,

머그잔 속의 그린 색 시간이 입을 활짝 벌리며 크게 하품
한다

모든 창문을 닫고 너무 가까이 접근하지 말라는 경고와
는 상관없이 가죽 소파에서 흘러나오는 애달픈 황소 울음
소리를 들으며 그와 진지한 대화를 위해 방탄조끼같이 둔
탁한 그의 가슴에 이어폰을 꽂고 달팽이관 속으로 깊숙이
잠입한다

그의 심장 좌심실과 우심실에서 일어나고 있는 앵무새가
전하는 박동 소리를 들으며 그의 내면의 창을 세차게 흔들
어 보았다

海, 노을

양팔 벌린 노을이 해거름의 바다에 내려앉아 한없이 불
타고 단 한 순간이라도 물의 둥지를 떠나 살 수 없는
크고 작은 섬들이 끈질기게 달려드는 파도의 등쌀에
이리저리 몸을 뒤척이고 있는 일몰의 바다에도
서서히 어둠의 장막이 펼쳐진다

묵묵히 바다의 막장만 긁고 살아가는 낡은 통발어선 한 척
잔뜩 지친 그의 몸 끌고 귀항한다
그물 속에 갇혀 있던 허망한 파도가
바람 한 자락 품어 안고 그물 속을 빠져나와
어디론가 떠나 버리고 싶을 것이다

몹시 소란스럽고 분주하던 바다의 하루도
이제 엄숙한 본래의 모습으로 돌아와 다소곳이 숨을 죽
이고 파랗게 돋아날 꿈의 음계를 그리며
조용히 그리고 안락하게 잠들게 될 것이다

발끝에 머무는 물 자락을 끌어당기며
사납게 주먹질을 해대던 파도가 다녀간 수평선의 빗금
위엔 순결한 비명들이 가볍게 떠올라 노을의 숲을 헤치며
감쪽같이 사라지게 될 것이다

숨비소리

저 새벽 바다의 봉인을 제일 먼저 뜯는 것은 시베리아 빙산에서 달려온 된바람도 아니고 바다의 막장까지 긁는 트롤선 엔진 소리도 아니며 새벽잠 설친 아침 갈매기 끼룩거림은 더욱 아니다

찬란한 아침 바다의 뚜껑을 맨 먼저 여는 것은 바다의 태평성대와 바람과 잡신 거두게 해 달라고 용왕님께 빌고 빌며 파도를 사내처럼 꼭 껴안고 물질하는 해녀들이 휴-휴- 내뿜는 바로 그 소리다

부유하는 빛

아득한 시생대의 우주는 하얀 어둠 물컹거리는 안개 바
다였다
지구와 가장 근접해 있는 별은 물론 태양이다
태양의 젖을 빨지 않았으면 잠시도 버틸 수 없는 우주 속
의 모든 생명체가 오백 광년의 암흑과 공허로 흘러오는 동안

오리온자리의 베텔게우스는 맨손으로
초 거성 태양의 삼백 배 크기인 별을 사냥하러 다닌다
현현한 수륙의 경계 안으로 수북이 쌓여가는
황홀한 파도와 하얗게 묻어오는 안개의 군락,
안갯속의 난바다는 천지개벽을 모의하며 거칠게 밀려오
고 칼날 같은 해일이 지구의 각도를 평평하게 깎아내며
우주를 통째로 분질러 버릴 자세다

빛과 안개가 굴절하는 그 난바다에 자전과 공전의 공식을
걸어놓고 지반과 물의 층고 속에 초광속으로 붉은 욕망이
타오르는 것은 그때나 지금이나 변한 것이 아무것도 없다
우리는 아직도 그 욕망의 빗살 무늬 속을 끝없이 방황해
야 할까?

聖, 접대

오!

酒 여……………………

빙평선 氷平線

　사막에는 지평선이 있고 바다에는 수평선이 있듯 빙하가
펼쳐진 남극 대륙에는 빙평선이 있다
　웨들해와 로스해를 끼고 화산으로 진화된 빅토리아랜드
가 대륙을 이룬 하얀 빙하의 제국 남극,
　남극은 북극에서 쉽게 눈에 띄는 곰이나 여우 같은 동물
은 아예 찾아볼 수가 없고 빙해의 포근한 태반 속에 트롤
새우와 고래, 물개와 펭귄, 해표 등이 산다
　바다이면서도 파도와 수평선이 보이지 않는 남빙양
　그 바닷속은 크릴새우를 찾아온 고래들이 빙붕처럼 이리
저리 떠다니고 망망한 백야의 빙평선 위에 남극성*이 떠
오르면 눈부신 설빙 위엔 얼음을 깨고 기어 나온 로스, 게
잡이, 레오파드, 웨들 바다표범들이 사랑을 나누며 짝짓기
하거나 말끔하게 연미복을 차려입은 황제, 아델리펭귄들
이 재롱을 부린다
　대륙을 집어삼킬 것 같이 입을 쩍쩍 벌리고 있는 크레바
스와 우뚝한 설산을 금방이라도 무너뜨릴 듯 세차게 몰아
치는 악명 높은 블리자드는 갬부르체프 산맥**과 빙평선
을 무단으로 넘나들며 해가 기울어도 어둠이 찾아들지 않
는 눈부신 백야와 설원의 태평성대를 빌고 비는 남극노인
의 전설 속에 가끔 오로라를 만들며 장관을 이룬다

* 남극성의 화신이 나타나면 태평하고 나타나지 않으면 전란이 인다
　고 함
** 남극 동부의 중앙에 있는 산맥

검의 독백

팔팔 끓는 화탕지옥을 겨우 탈출한 그는 둔탁한 해머의 폭력에 몹시 시달려야 했고 선과 악을 식별할 수 있는 능력마저 완전히 상실한 그의 몸속에는 그때부터 이미 악의 피가 흐르고 있었어

세포 세포마다 날카로운 저주가 끓어오르고 선에도 악, 악에도 악으로 대항하는 폭력의 디 엔 에이가 온통 그를 지배하고 말았지

난자亂刺의 성찬을 조리하기 위해 언제나 그의 주위는 극도의 불안과 공포의 덫을 치고 닥치는 대로 폭력을 행사하는 것이 삶의 대명사처럼 살아왔었다

그러나 따지고 보면 그의 삶 전부가 악으로만 살아온 것이 아니었어, 때로는 썩어 문드러져 가는 부위를 도려내고 새살을 돋게 하는 선행을 베풀 때도 있었으니까

하지만 이제 그의 유통기한도 다되었나 봐

인체의 혈관은 경화되고 단도직입의 팔팔했던 지난날은 간데온데 없이 옥체는 녹이 슬대로 슬어 삭아가는 몸을 제대로 가눌 수 없으니 절대 권력의 화려했던 그의 이력은 귀납 처리하고 이제 안락한 고철 더미 속으로 돌아가야 하나 보다

홍매 향기

홍매 향기 그윽한 명부전과 구룡지의 시계視界에도 어느
새 어둑어둑 땅거미 지고 어디선가 툭툭 죽비소리 들려오
니 아무래도 바라 공양 시간인가 보다

파란 솔바람이 읊는 법문에 귀 기울이며 초승달 벌써 열
반에 들고 저녁 예불 끝난 법당의 부처도 촛불도 이제 모두
잠들 시간이다 불면의 산바람은 적막을 휘적이며 목어를
울리고 우우우 산을 울린다

가을 산사

어느 가람에서 들려오는 것일까? 법고 소리가 산을 울린다
　선좌에 드신 불타의 경건한 마음처럼 이제 비로소 온 누리가 평온해지려나 보다
　영축산 억새 덤불 사이로 불어오는 소슬바람이 안개를 몰고 오기 시작하면서 은밀하게 숨겨둔 꿈 하나가 하늘에 떠 있는 베텔게우스를 향해 손짓한다

　남몰래 감춰둔 붉은 미소가 나를 떠나고
　만 가지 걱정이 공空이 되기를 기원하며 찾아든 영축산,
　산길 내려서니 늦가을 거리는 창호지를 뚫을 듯한 바람이 막무가내로 불어오고 어쩌면 곧 폭설이 내릴지도 모를 하얀 어둠 사이로 산은 점점 저물어 가고 있다

4부

적멸보궁

영축산 안부를 물을 때마다 푸른 솔바람이 불었다
안거 끝난 시간을 머금고 곡벽을 울리는 법종 소리 우둔한 마음을 깨우면 속세와 진계의 경계인 일주문을 통과하고 아득한 신라 선덕여왕 시대로 거슬러 오르며 자장율사와 문수보살을 친근한다

주홍빛 시간의 틈새에서 돋아난 자장 매화가 내뿜는 화엄의 향기 마시며 마음에 가두고, 졸여야 했던 일들이 번뇌의 가시가 되었지만 반야의 진리 회통을 위해 만 가지 걱정이 공空이 된다는 금강 계단에 무릎 꿇고 깊은 선정에 들면 불타처럼 도탈의 경지에 이를 수 있을까 `

영축산 금강 계단의 시계視界는 언제나 맑고 쾌청하다
적멸보궁 안에 쌓여 있는 묵언들은 뭇 중생들이 두고 간 탐욕의 한숨 소리, 바람이 읊는 법문에 귀 기울이며 조잘조잘 새들이 읽는 경 속에 금와 보살이 너울너울 승무를 춘다
어느새 초승달 열반에 들고 속세의 우둔한 생각을 깨우는 법고와 범종소리 산을 울린다

지구의 魂

지금 지구가 오염으로 몹시 괴롭단다

맥박이 점점 거칠어지고 호흡곤란을 호소한다

이를 해결할 수 있는 것은 단 한 가지 노아의 홍수처럼 세상을 한번 바꿔보는 것이다

남극과 북극의 빙벽이 쩍쩍 갈라지고 갈라진 빙하 속에 머물던 향유고래 무리가 물 위로 올라와 쿨럭쿨럭하며 머지않아 지구의 멸망이 올 것이라 예고한다

오래전 선사시대의 화덕에서부터 오늘에 이르기까지 꺼지지 않고 활활 타오르던 정열적인 불꽃의 그 함성은 어디로 갔을까

그래도 우주의 사막 위로 카레이스는 계속 해야 하겠지

장미

빨간 마음의 층계를 걷는 발걸음 소리가 난다
따뜻한 햇살이 몹시 그리웠던 담장 위에도 파란 이브닝드
레스를 입은 계절이 다시 돌아왔다

툭 건드리면 터져버릴 것만 같은 눈 부신 햇살에 곱게 익
은 너는 사람의 마음을 설레게 한 죄 때문에 몸 여기저기 뾰
족한 가시가 돋아난 것이야
바람이 햇살 한 입 베어 물고 사라지기 전에 너는 세상을
온통 마비시킬 향기를 제조해야 해

사랑은 가시가 박힐수록 단단하게 굳어지고 향기는 묵힐
수록 멀리 날아간다 수정처럼 맑은 이슬 머금고 태어나 가
시로 무장한 너는 말없이 던지는 고백이다

가난을 세일합니다

19세기 도시형 옹벽들이 층층이 쌓여있는
구불구불한 도로를 펼치며 만 가지 걱정과 근심을 실은
낡은 마을버스 한 대 힘겹게 오른다

아직도 그 가난을 다락방에 꼭꼭 채워두고
힘겹게 살아가야만 되는 부산광역시 동구 산복로 180번지
가난의 상징물인 온갖 잡동사니들이 바람에 나 뒹군다

방매가가 아니라 가난매家難賣라고 덕지덕지 붙은
전봇대가 서 있는 골목길 낡은 이발소엔
빛바랜 회전 간판이 삶의 애환을 쉬지 않고 잡아 돌리며

이제는 내다 버릴 만도 한데 아직도 버리지 못한
지긋지긋한 그 가난을 그대로 붙들고 살아가고 있으니
어쩔 수 없이 가난도 결국 상속이 되어야 하나 보다

모비 딕

너의 성난 지느러미와 날카롭던 꼬리가 물살을 가르며 활개 치던 먹고 먹히는 약육강식의 캄캄한 바다에는 유령처럼 밤 갈매기들만 끼룩거린다

하루에도 수시로 얼굴 모습을 달리하며 변덕을 부리는 고비사막처럼 시시각각 표정을 바꾸는 대서양과 인도양을 지나 나는 지금 험난한 삼각파도를 타고 북태평양 쿠릴열도를 향해 항해 중이다

저기 뼈가 앙상하게 드러난 파도의 은쟁반 위에 아직도 압박붕대를 칭칭 감고 둥둥 떠다니고 있을 그때 잔뜩 독을 뿜은 너의 송곳니가 사정없이 물고 뜯었던 에이헙 선장의 절단된 한쪽 다리와 엔 더 비호 선장의 한쪽 팔이 보이느냐,

암흑의 여신들이 춤을 추며 쉽사리 잠들지 못하는 캄캄한 밤바다의 초원 위엔 아득한 전설 속의 기억들이 몰려오고 비린 유혹을 쫓아다니던 그 날카로운 이빨은 밤하늘의 물결 속에 은하수처럼 반짝이는구나

하이패스

시속 70킬로 미터에 고정된 삶의 속도감,
습관적으로 브레이크를 밟는 순간에도
거세게 몰려오는 바람은 가는 길을 가로막는다

교통방송 아침 뉴스는 한 진보 정치가의
투신자살 소식을 전하며 입에 거품을 문다
딩동! "통행료 1,400원이 정상 처리되었습니다."
지금 나는 바다와 접신한 부산항 대교를 통과하고
영도를 거쳐 남항 대교를 통과하는 중이다

잠시 뒤에는 푸른 시간이 파도로 밀려왔다 밀려나는 송
도다
창공을 날아다니는 저 케이블카들은 필시
보라매의 디 엔 에이가 흐르고 있을지도 모른다
하얀 가운을 걸친 복음 병원 옥상 비둘기들이
날카로운 부리로 각종 암세포를 콕콕 쪼고 있다

투병

여기는 복음 병원 5병동 812호실 위胃와 간肝에 무거운
암 덩어리를 차고 투병 중인 그는 한때 잘나가던 치과 의사
였다

정작 자기 체내에는 암세포가 자라고 있는 줄 모르고 남
의 아픔만 드릴로 갈아내며 구강을 손질해 주던 그는, 언제
닥칠지 모르는 죽음 앞에서 조금도 두려워하거나 당황하지
않고 태연하다

머지않아 이 지구도 분명히 죽음의 아무르강을 건너게 될
것이라며 태연하다

그렇다 과학자들의 말을 빌리면 아마 50억 년쯤 뒤에는
연료가 바닥이 난 태양이 소멸하고 가스와 먼지로 이루어
진 우주는 시뻘건 불의 고리로 변하여 지구도 결국 종말을
맞게 될 것이라고 하는데 그때 죽으나 지금 죽으나 단지 완
급 차이일 뿐, 어차피 죽기는 마찬가지 아니냐고 하면서 점
점 야위어 가는 팔뚝에 그래도 항암제를 꽂는다

서황리 이장님

38 학우회는 시골 초등학교 동창 모임이다
졸업생 47명 중 벌써 12명은 영결종천永訣終天하고
35명 남았는데 전깃불도 없던 깜깜한 시절
제대로 먹고 제대로 입지 못한 전쟁 통에 태어난
전쟁둥이들로서는 아직 75%가 살아남았으니
그래도 생존율이 괜찮은 편이 아닌가

동문 중에서는 건설업을 하는 사장도 있고
목사와 장로, 약사를 비롯하여 시를 쓰는 시인까지 있는데
그중에서 가장 출세한 친구는 뭐니 뭐니 해도
하동군 북천면 서황리 이장님 J 군이다
고향 일이라면 아무리 어려운 일도 그를 통하면
안 되는 일이 없으니 그의 위상은 대단하다

더욱더 그를 부러워하는 것은 아주 오래전
전국 새마을 지도자 대회에서 비공식적으로 개최한
〈남성 심벌 콘테스트〉에서 당당하게
우승을 차지했다는 소문이 전해지고부터다
그에 걸맞게 고향에서 뽕나무 농장을 가지고 있는
서황리 이장님 그가 바로 우리 38 학우들의 자랑이다

국화

어쩌다 사람들의 주검 앞에서
그들의 명복을 빌어주는 꽃이 되었을까
세상을 하직한 그들과는 아무 상관도 없는
성실과 진실, 그리고 감사의 꽃말을 가진 그가

이제는 *봄부터 소쩍새가 울지 않아도
먹구름 속 천둥은 애달피 울지 않아도
간밤 무서리가 그렇게 내리지 않아도

사시사철 여기저기 우아하게 피어나
제단 앞에선 영령들의 명복을 빌고 떠나보내며
애도하는 이들에게는 슬픔을 닦아 주는
왜 그 꽃이 되었을까?

* 이하 3행 서정주의 국화꽃에서 차입

海, 어머니

내게 최초로 각인된 바다는
내 어릴 적 외가가 있던
남해안의 어느 한적한
어촌 마을 그 바다였다
바람에 부화된 파도가
밀려갔다 밀려오는 그 바다는
따지고 보면 바로 내 어머니인 셈이다

파도는 고립으로부터의
탈주인 동시에 무의식의 세계를
매우 역동적으로 폭발시킬 수 있는
힘을 가지고 있다
지금도 내 몸속에는 그 어머니가
밀물로, 때로는 썰물로
한없이 출렁거리고 있다

봄을 기다리며

복사꽃이 빙긋이 웃는 동안
봄의 디 엔 에이는 무르익어 간다
아직 하얀 마스크를 벗지 못한
멀리 안데스산맥에서 불어오는 바람이
동면에서 깨어나지 않고
곤하게 잠들어 있는 이 우주의
살과 피와 뼈를 흔들어 깨운다

조용히 눈을 감고 이대로 있으면
뇌파를 더듬는 박동 소리가
경보음처럼 두견새 울음으로 울고
무지갯빛 색상으로 적립된 시간이
서서히 몰려나와 지문을 찍으며
우울하게 편집되는 세상일들을
햇살에 다글다글 볶는다

용호 日記 1
- 二妓臺

동백의 눈빛이 사뭇 아름답다
삼나무 파란 그늘을 깔고 앉아
안경 속으로 밀려오는 바다를 끌어안고
불특정하게 툭툭 던지는 투망,
어제 내린 게릴라성 집중 폭우 때문일까
아직도 물기에 젖어있는 눅눅한 햇살이
비늘처럼 투망 속으로 걸려든다

천인단애의 능선을 타고 올라온 바람
물먹은 풀과 나뭇가지를 흔들며
살결을 후벼 파고 무작위로 입력되어
간지럽게 구멍을 숭숭 뚫는다
눈앞엔 어제 그린 뱃길을 지우며
물살을 가르는 귀 범의 어선 한 척
두꺼운 안경 속으로 꾸역꾸역 들어온다

용호 日記 2
– 이기대 동백

해안선 빗금 허물고 몰려오는 파도에 뜨거운 몸을 식히던 두 기녀妓女의 넋일까 일출의 햇살과 일몰의 노을을 번갈아 들이 마시며 장자산 바위틈 사이에 살아가고 있는 그들이 금방이라도 사랑을 고백할 것처럼 생긋하게 웃으며 얼굴을 붉히고 있다

용호日記 3
– 장자산에서

가끔씩 동해를 정기 구독하려고
장자산을 오르면 헉헉 숨이 차고
고통스럽긴 하지만 그래도 오르고 나면
사랑의 절정처럼 마음이 짜릿해진다

눈 비비며 잠 깬 바다를 바라보며
청아한 물결아 간밤에 너는 뭘 생각하다
깊이 잠들었느냐고 물으니 지나는 바람에
이리저리 손사래만 치며 아무런 대꾸가 없다

멀리 수평선 뒤에 꼭꼭 숨어있던
어제 감쪽같이 모습을 감췄던 그 아이가
순식간에 상기된 얼굴로 나타나더니
동서남북 천지에 흥건히 빛을 쏟는다

오륙도

석양의 발목을 붙들고 표류하는 섬,

대리석처럼 단단하기로 소문난 석 씨石氏 가문의 건장한 아들들로태어난 그들의 고향은 원래 심산유곡 오지마을이 었다

바다를 무척 동경하였지

시생대 어느 날 형은 철없는 다섯 동생을 데리고 꿈에서 나 그리던 바다로 무작정 가출하고 말았어

고향 떠난 여섯 형제들,

격랑 속의 바다를 즐기며 때로는 이복동생을 물길 속에 감추기도하고, 들고 나는 배들의 등불 되어 물속에 꾹꾹 눌러앉은 지도 벌써 수백 세기, 파도는 끝내 그들을 물속에 가둬놓고 고향으로 가는길을 지워버리고 말았어

비록 지금은 다시 귀향할 수 없는 물 위에 뜬 부표 신세로 파도의엉덩이만 어루만지며 바다로 살아가지만 한 때는 그들에게도 돌아갈 고향이 있었어

자갈치

자갈이 많아 자갈치라고 했단다

삶이 곤고하고 권태기가 올 때마다 그곳에 나가 도마 위
에 싱싱한 파도 한 접시 모둠회로 쓸어 놓고 짭짤한 바다 냄
새 좀 맡아보자

지친 삶 소주잔으로 달래는 사람들의 틈 속에 일희일비―
喜―悲하며 질긴 고래 고기 씹듯 격의 없이 세상 잡사 쫄깃쫄
깃 씹어보자

한때 풍어의 전성기 누리며 배불리 고기 퍼 담던 저 목제
고기상자들은 백주 대낮에 무슨 시위라도 하려는 것일까

아니면 일광욕을 즐기려는 것일까

일제히 어류 창고 앞마당에 나앉아 있다

깊은 삼림 속의 홍송紅松으로 태어나 고대광실 기둥이 되
거나 어느 암자의 대들보나 서까래가 되었더라면 지금쯤
아름다운 단청 곱게 차려입고 경배받으며 살고 있을 터인
데 어쩌다 날카로운 꼬리와 지느러미에몸 베이며 거친 파
도 타고 살아야 하는 천한 신분이 되고 말았을까

하긴 허구한 날 파도처럼 바다 떠돌며 비릿한 짠물에 삶
을 절이며 그물이나 던지고 사는 어부 신세 또한 저들과 무
엇이 다르랴

흉어를 만난 고기 상자들이 이제 심한 궁기 견디다 못해
바닷가에 나앉아 시위라도 벌일 모양이구나

범어사

금정산 도솔 천궁* 시계視界는 지금 쾌청하다 명부전 앞
모과나무가지 위에 걸려있는 시린 마음 하나가 속살을 들
어내고 햇볕을 쪼이고 있다

함박눈에 펑펑 웃어주던 계절은 맵싸한 바람을 헤집고 아
지랑이를 슬슬 피우며 드디어 굳게 닫아둔 산문을 연다

두꺼운 외투의 단추 풀어놓는 계곡에서 동안거 중이던 자
목련 그 두툼한 입술을 열기 시작하고

일찍이 고해와도 같은 속세 버리고 목어의 노랫소리 찾아
산문에들었을 어느 승려의 부도탑 위에 다람쥐 한 마리 햇
살을 입에 물고산을 요리 조리돌리며 재롱을 부린다

* 도가道家에서 노자老子가 있다는 하늘

유엔 평화공원

하얀 카네이션과 국화꽃이 수시로 혁명을 꿈꾸는 유엔 평화공원 목제 의자 위에 구릿빛 철모를 눌러쓴 1950년 6월이 버티고 앉아있습니다

첩첩한 산등성이 굽이굽이 골짝마다 지난至難했던 한 역사의 현장에서 한때나마 원한과 저주의 피로 물던 누더기처럼 찢긴 전투복을 입고미아로 남아 제 갈 길을 제대로 찾지 못한 가엾은 영령들이 바람 속으로 들려오는 희미한 포성 소리를 들으며 군번줄을 흔들고 있습니다 결국 살아서는 돌아가지 못한 그들이 아물래야 아물 수 없는 상처 어루만지며 낮은 봉분으로 누워 이 땅에 마음 붙이고 산지도 벌써 반백년이 지났습니다

아직도 압박붕대를 풀지 못한 보훈병원 삐꺽거리는 낡은 침대 위엔그때 우리의 산과 강을 후벼 팠던 박격포가 팔과 다리에 링거를 꽂고있겠지요

해운대

　질풍노도 잠재우고 방황의 닻 내리니 팔월 바다가 출렁거리고 있는 해안의 무대 서쪽으로 밤마다 욕망의 불꽃을 튀기는 거대한 대교가 달리고 있다

　태평양을 건너 청사포 쪽에서 불어오는 바람은 포세이돈 신전 속에 새겨둔 파도의 알리바이를 하나하나 지우며 우람한 장산의 이목구비를 연다

　장대한 물너울로 어둠을 박제하며 깊어가는 해운대 밤바다,

　파랗게 피를 토하며 무한한 자유와 평등으로 밤새도록 웃다가 울어 줄수도 있을까 밤이 차츰 깊어지고 바다와 하늘이 몸을 섞는다

　해월정에서 바라보이는 멀리 수평선 위에 발가벗고 매달려 있는 저기저 둥실한 달은 도대체 누가 걸어둔 것일까

우주창시자의 길

— 배기환의『시간은 기억의 수레를 끌고』의 시세계

반경환 문학평론가

우주창시자의 길
— 배기환의『시간은 기억의 수레를 끌고』의 시세계

반경환 문학평론가

1.

배기환 시인은 경남 하동에서 태어났고, 1997년 월간
『詩文學』으로 등단했다. 시집으로는『전생을 굽다 1』,『전
생을 굽다 2』,『바람의 화석』,『견고한 생각』,『젊음의 징비
록』등이 있고, 2010년 한국해양문학상 수상집『불멸의 바
다 詩篇』과 2019년 한국해양문학상 수상시집『윤슬의 푸른
수평선』을 출간한 바가 있고, 계간『시와 사상』편집 동인을
거쳐서, 부산문인협회 시분과 위원장과 부산시문학시인회
회장 등을 역임한 바가 있으며,『시간은 기억의 수레를 끌
고』는 그의 여섯 번째 시집이 된다.

　시간은 서서히 기억의 수레를 끌고 가파른 언덕길을 오
른다
　과속방지턱을 겨우 넘어선 내 우주선 솔롱고스호는 지금
광대무변한 블랙홀의 난간이 열리기를 기대하며 시동을 걸
지만 시야가 그렇게 밝지 못하다

소란스럽던 바람이 우주의 문을 활짝 연다

우주 속에 펼쳐진 사막에서 낙타가

지평선을 물고 달려온다

이래도 괜찮은 것일까?

아무래도 세상일들이 석연치가 않다

영혼과 영혼끼리 친숙하게 교미하여

수정된 광입자가 은밀하게 숨어서

지평선을 바라본다

가장 튼튼하고 건강한 지구와 가장 아름다운 별들을 사주
하여 또 다른 우주 하나를 만들지도 모르겠다

어쩌면 그 우주 때문에 거대한 지진과 쓰나미를 동반한
천지개벽이 도래해 올지도 모르면서,

　—「시간은 기억의 수레를 끌고」 전문

　창創자에는 칼도刀자가 들어 있고, 가장 날카롭고 예리한
칼을 쓸 수 없는 자는 그 무엇을 하든 새로운 창조자가 될
수 없다. 새로운 신전이 세워지기 위해서는 수많은 신전들
이 파괴되지 않으면 안 되듯이, 오늘날의 자연과학은 모든
종교와 신앙을 대청소해버렸다. 전지전능한 신은 존재하지
않으며, 어느 누구도 교회에 갈 필요가 없다는 무신론이 그
것이며, 따라서 신이 존재하지 않기 때문에 그 모든 일들이
다 가능해진 것이다. 만일, 오늘날의 성직자와 신도들에게
스마트 폰을 빼앗고 인공지능을 사용하지 못하게 한다면
그들은 모두가 다같이 미쳐버릴 것이고, 그들의 신앙이란
흑주술黑呪術이며, 사악한 돈벌이의 수단에 지나지 않는다
는 것이 곧바로 드러나게 될 것이다. 자연과학의 칼날은 오

늘날의 성직자와 그 신도들에게 더없이 무서운 흉기가 되었고, 오늘날의 경제인들에게는 더없이 고귀하고 훌륭한 문명의 이기利器가 되었다고 할 수가 있다. 성자와 범죄자, 또는 창조자와 파괴자는 천하제일의 검객이며, 동일한 인물의 두 얼굴에 지나지 않는다.

천지창조자, 또는 최초의 우주창시자는 배기환 시인의 「시간은 기억의 수레를 끌고」에서처럼 "거대한 지진과 쓰나미를 동반한 천지개벽"을 창출해내지 않으면 안 된다. "시간은 서서히 기억의 수레를 끌고 가파른 언덕길을 오른다"는 것은 역사와 전통을 중요시 한다는 것이고, "과속방지턱을 겨우 넘어선 내 우주선 솔롱고스호는 지금 광대무변한 블랙홀의 난간이 열리기를 기대하며 시동을 걸지만 시야가 그렇게 밝지 못하다"는 것은 그 우주창시자의 앞에는 매우 어렵고 힘든 고통의 가시밭길이 준비되어 있다는 것을 뜻한다. 과거의 역사와 전통을 중요시하며 머나먼 미래의 앞날을 향해 전진하는 자는 천하무적의 용기로 무장하지 않으면 안 되고, 그 무엇보다도 한없이 나약하고 두려움에 벌벌벌, 떨고 있는 자기 자신부터 베어버리지 않으면 안 된다. 이 세상에서 가장 무섭고 두려운 싸움은 자기가 자기 자신을 단칼에 베어버리는 싸움이고, 이 싸움에서 최종적인 승리를 거둔 자만이 천하무적의 우주창시자가 될 수 있는 것이다.

소란스럽던 바람이 우주의 문을 활짝 열면 우주 속에 펼쳐진 사막에서 낙타가 지평선을 물고 달려온다. 새로운 우주는 사막 너머에 있고, 낙타는 가장 무거운 짐을 짊어지고 가장 무덥고 고통뿐인 사막을 건너갈 수 있는 영물이며, 천하무적의 우주창시자의 진정한 동반자일 수밖에 없다. "이래도 괜찮은 것일까?/ 아무래도 세상일들이 석연치가 않"지만, 너무나도 명석하고 분명한 지혜로 무장을 하고, 영혼과 영혼들을 교미"시켜 새로운 광립자를 창출해낸다. 영혼과 영혼들을 무수히 교미시킬 때 새로운 종種들이 탄생하고, 수많은 먼지와 가스덩어리인 광립자들이 모여서 새로운 우주를 창출해낸다.

배기환 시인의 표제시인「시간은 기억의 수레를 끌고」는 새로운 우주를 창출해내는 시이며, 이 도전적이고 야심만만한 과제를 영혼과 영혼을 교미시키고, 수많은 광립자와 광립자들을 결합시켜 수행하고 있는 시라고 할 수가 있다. "가장 튼튼하고 건강한 지구와 가장 아름다운 별들을 사주하여 또 다른 우주 하나를 만들지도 모르겠다"라는 시구가 그것이 아니라면 무엇이란 말인가? 배기환 시인은 더없이 호탕하고 천하무적의 용기를 지녔으며, "거대한 지진과 쓰나미를 동반한 천지개벽"으로 새로운 우주를 창출해내고 있는 것이다. 요컨대 새로운 우주를 창조하기 위해서 이 세상에서 가장 무거운 짐을 짊어지고 너무나도 의연하고 당당하게 간다는 것은 모든 영웅신화의 명장면이라고 할 수가 있는 것이다. 거대한 지진과 쓰나미를 호위무사로 거느리고 가면서──.

2.

가시 돋친 말은 아픈 말이며, 타인의 마음과 몸에 상처를 입히는 말이다. 이 가시 돋친 말의 기원은 무엇이며, 이 가시 돋친 말을 듣지 않으려면 그 무엇을 어떻게 해야 하는 것일까? 말은 상호간에 의사소통을 하기 위한 수단이지만, 그러나 이 말은 상호간의 이익과 불이익, 사랑과 혐오, 우정과 증오를 담고 있기 때문에, 그 자원의 배분과 이익을 둘러싸고 싸우는 투쟁의 도구가 된다. '나는 너를 사랑한다', '너에게 노벨문학상을 주겠다', '너에게 새로운 일자리를 마련해주겠다', '너의 사업이 꼭 성공할 수 있도록 도와주겠다', '너와 나는 친구이고, 나는 너와 함께 할 것이다'라는 말은 더없이 따뜻하고 부드러운 사랑의 말이 되고, '이것은 내몫이지, 네몫이 아니다', '너는 사기꾼이고 나는 너를 믿을 수가 없다', '너와 나는 어떤 일도 함께 할 수가 없다', '너는 천년, 만년 후회하게 될 거야', '너는 지옥이 만원이라고 해도 반드시 지옥에 갈 것이다'라는 말은 더없이 가혹하고 듣기 거북한 가시 돋친 말이 된다.

어찌 된 일인지 갑자기 귀가 먹먹하다
약간의 통증과 함께 말이 잘 들리지 않는다
이비인후과에 갔더니 의사는 내시경으로 귀속을 이리저리 살피더니 별것 아니라며 지금 양쪽 귓속에 가시 돋친 말들이 꽉 차 있단다

가-시-돋-친-말

그놈들이 달팽이관을 콕콕 찔러대서
귀가 먹먹해지고 말이 잘 들리지 않는단다
언어에 매달려 있는 뾰족하고 날카로운 가시들, 나는 그 길로 돌아와 양쪽 귀에 수북이 쌓여있는 그 가시들을 면봉

으로 후벼 파내었다
  — 「가시 돋친 말」 전문

일찍이 부처는 '사랑도 하지 마라, 원수도 만들지 말라'라고 역설한 바가 있다. 왜냐하면 사랑하는 사람은 만나지 못해서 괴롭고, 원수는 외나무 다리에서 만나게 되어 있기 때문이다. 하지만, 그러나 이 세상의 삶은 이익과 손해, 즉, 사랑과 증오(혐오)의 줄타기 위해서 성립하고, 이 줄타기를 거부하면 그 어떤 삶도 없게 된다. 이익을 보는 사람이 있으면 반드시 손해를 보는 사람이 있게 되고, 어느 누구를 사랑하면 반드시 그것을 질투하고 시기하는 사람이 나타나게 된다.

"어찌 된 일인지 갑자기 귀가 먹먹하다/ 약간의 통증과 함께 말이 잘 들리지 않는다", "이비인후과에 갔더니 의사는 내시경으로 귓속을 이리저리 살피더니 별것 아니라며 지금 양쪽 귓속에 가시 돋친 말들이 꽉 차 있단다", "가-시-돋-친-말// 그놈들이 달팽이관을 콕콕 찔러대서/ 귀가 먹먹해지고 말이 잘 들리지 않는단다", "언어에 매달려 있는 뾰족하고 날카로운 가시들, 나는 그 길로 돌아와 양쪽 귀에 수북이 쌓여있는 그 가시들을 면봉으로 후벼 파내었다."

배기환 시인의 「가시 돋친 말」은 언어의 사제답게 최고급의 풍자와 해학의 진수이며, 현대사회의 세태풍조를 가장 날카롭고 예리하게 비판하고 있는 시라고 할 수가 있다. "한때 민주주의를 발가벗겨 거꾸로 매달아 놓고 물고문을" 가하던 「잡목들의 항변」, "국제 질병분류표에도 색인되지 않는다는/ 지독한 역질과 미스터 트롯에/ 지금 세상은 몹시 시달리는 중"이라는 「벽 속으로 들어간 풍문들」, "콘크리트 괴물들이/ 서로 얼굴을 마주 보며 깔깔깔 웃고" 있는 「고공의 도시」, "복개천 속으로 은밀하게 쌓여가는 비위와 적폐"(「아스팔트를 뜯어먹고 사는 저 은행나무의 혈액형은 무엇일까」), "장기 매매, 라는 스티커가 붙어있는 소변기 앞"(「지하도 풍경」), "자식이 부모에게 덤벼들고 제자가 스승을 해凶하고 누군가의 뒤통수"를 치는 「구부정한 세상」 등은 배기환 시인이 듣고 있는 '가시 돋친 말'의 진원지이며, 다른 한편, 그 반대방향에서 그가 그의 '풍자와 해학'을 통해서 그들에게 또다른 방법으로 되돌려주는 '가시 돋친 말'이라고 할 수가 있다. 말은 칼이면서도 흉기이고, 말은 약이면서도 독약이다.

　배기환 시인의 「가시 돋친 말」은 아픈 말이며, 타인의 마음과 몸에 상처를 입히는 말이지만, 그러나 이 가시 돋친 말은 그가 그의 '풍자와 해학' ― 반어, 기지, 유머, 험담, 부정, 비판 등 ― 으로 아주 유효 적절하게 매우 잘 사용하고 있는 말이기도 한 것이다. 사랑스러운 말의 이면에는 혐오의 말이 있고, 혐오스러운 말의 이면에는 사랑스러운 말이 있다. 듣기 좋은 말의 이면에는 가시 돋친 말이 있고, 가시 돋친 말의 이면에는 듣기 좋은 말이 있다. 이익과 손해, 사랑과 혐오, 듣기 좋은 말과 가시 돋친 말은 이 세상의 삶의 밧줄에 묶여져 있으며, 이 줄타기를 거부하면 우리 인간들의 삶이 없게 된다. 비록, 듣기 싫은 말, 가시 돋친 말들이

"달팽이관을 콕콕 찔러대고 귀가 먹먹해지고 말이 잘 들리지 않는"다고 해서, 그 가시 돋친 말들을 발본색원할 수 있는 것도 아니다. 소위 혁명을 완성하고도 혁명의 과업은 좀처럼 이루어지지 않듯이, 또는 독재자와 싸우면서 독재자와 똑같이 닮아가듯이, 오히려, 거꾸로 배기환 시인이 그 「가시 돋친 말」을 가장 잘 사용하는 '풍자와 해학의 대가'가 되어 있는 것이다.

인간의 의지에는 세 가지가 있는데, 개인의 의지와 단체의 의지와 공동체의 의지가 그것이다. 개인의 의지는 개인의 이익을, 단체의 의지는 그가 소속된 단체의 이익을 추구하고, 공동체의 의지는 일반적이고 보편적인 의지로서 전체의 이익을 추구한다. 우리 인간들이 주고 받는 말들은 이러한 의지들과 관련이 있고, 따라서 상호간에 가시 돋친 말들을 주고 받게 된다. 나에게 이익이 되면 듣기 좋은 말이고, 나에게 이익이 되지 않으면 가시 돋친 말이 된다. 만일, 그렇다면 배기환 시인의 「가시 돋친 말」을 어떻게 해야 한단 말인가? 그것은 더없이 따뜻하고 부드러운 말과 함께, 그 말들을 사용하며, 그 조화를 이룩해내지 않으면 안 된다. 칭찬을 들으면 칭찬으로 돌려주고, 험담을 들으면 험담으로 돌려주고, 아니, 때로는 칭찬을 험담으로 배신도 하고, 험담을 칭찬으로 더욱더 크고 폭넓게 감싸주기도 하면서——. 요컨대 배기환 시인의 「가시 돋친 말」의 그 해학과 풍자, 그 방법적인 부정정신과 그 비판철학을 더욱더 깊이 있고 심오하게 발전시켜 나가는 것이 우리 시인들의 사명과 의무이기도 할 것이다.

3.

시가 먼저일까, 삶이 먼저일까? 시인의 입장에서는 시가 먼저이고, 삶이 그 다음일 수도 있다. 농부와 상인, 또는 그 밖의 일상생활인들에게는 삶이 먼저이고, 시는 그 다음일 수도 있다. 시인들은 예술지상주의자가 되고, 일상생활인들은 현실주의자가 된다. 하지만, 그러나 시와 예술은 둘이 아닌 하나이며, 그 어느 분야에서이든지간에, 자기 자신의 목표를 향하여 최선의 노력을 다하면 그는 곧바로 시인이 되는 것이다. 요컨대 시를 얼마나 잘 쓰는 것인가가 중요하지 않고, 이 세상의 삶을 얼마나 아름답게 잘 사느냐에 따라서 그 사람의 행복이 결정되기 때문이다.

하얀 눈을 걷으니 그 속에 숨겨진
장미의 알몸에선 붉은 향기가 흐르고
목련의 알몸에선 흰 숨결이 흐른다
그래 장미야, 그리고 목련아
겨우내 칼날 같은 그 추위 견디며
얼마나 마음 시려했느냐?

살갗이 찢어지는 세찬 폭풍우에 아픔을 겪고서야 비로소 움트기 시작하는 저 꽃망울들, 그렇다 장미꽃 한 송이 한 송이는 아름다운 아픔 한 송이나 마찬가지다
그동안 소식이 두절되었던 그에게 빨간 향기 그윽한 아픔 한 송이를 전하기로 하였다

잠시 침묵을 뛰어넘고 꽃대 속에서

은은하게 귀에 익은 소리가 들려온다

그 소리는 분명 티베트의 어느 사찰에선가

은은하게 들려왔던 싱잉볼 소리 같다

나는 읽던 성경을 덮고 그 음악에 취해

또 그에게 시 한 편을 쓴다

―「한 편의 시를 쓴다」 전문

　시는 행복한 삶의 한 양식이자 낙천주의를 양식화시킨 것이다. 배기환 시인의 「한 편의 시를 쓴다」는 그의 현실주의의 소산이자 예술지상주의자의 소산이며, 궁극적으로는 그의 행복론, 즉, 낙천주의를 양식화시킨 것이다. "하얀 눈을 걷으니 그 속에 숨겨진/ 장미의 알몸에선 붉은 향기가 흐르고/ 목련의 알몸에선 흰 숨결이 흐른다"는 것은 장미와 목련이 고통의 가시밭길을 걷고 있다는 것을 뜻하고, "그래 장미야, 그리고 목련아/ 겨우내 칼날 같은 그 추위 견디며/ 얼마나 마음 시려했느냐?"는 측은지심을 넘어선 더없이 따뜻하고 부드러운 사랑의 말을 뜻한다. "살갗이 찢어지는 세찬 폭풍우" 앞에서도 꽃을 피우는 것이고, 시는 고통을 미화하고 성화시키는 것이다. "장미꽃 한 송이 한 송이도 아름다운 아픔 한 송이나 마찬가지"이고, "목련꽃 한 송이 한 송이도 아름다운 아픔 한 송이나 마찬가지"이다. 시는 사상의 꽃이고 사상은 시의 열매이다. 시는 사상의 꽃이고 경전이며, 이 경전 속에는 "잠시 침묵을 뛰어넘고 꽃대 속에서/ 은은하게 귀에 익은 소리가 들려온다/ 그 소리는 분명 티베트의 어느 사찰에선가/ 은은하게 들려왔던 싱잉볼 소리 같다"라는 시구에서처럼, 모든 사람들을 구원해줄 수 있는 말씀들이 살고 있다고 해도 지나친 말이 아니다.

　배기환 시인의 「한 편의 시를 쓴다」는 그가 그의 우주선 인 '솔롱고스호'를 타고 가 창출해낸 새로운 우주라고 할 수 가 있다. 즉, 그의 우주에는 '가시 돋친 말'의 반대편에서, 이 세상의 삶을 찬양하고 옹호하는 시들이 너무나도 많다 고 할 수가 있다. "천관 사지와 고운孤雲이 기거했다는 상서 장 거쳐 헌강왕릉에 이르니 은은하게 처용가가 울려 퍼지 고 개운포로 가는 길 일러준다/ 도솔천 먼 길 향해 끈을 졸 라매던 내 등산화 잠시 마애불 앞에 무릎 꿇고 앉자 명상에 든다"의 「서라벌의 숨결」도 있고, "긴 강을 끌고 온 청둥오 리와 도요새들의 유영/ 그렇다, 강물에 붉은 노을이 출렁 이는/ 낙동강 하구의 가을 풍경은/ 샤갈이 그려놓은 한 폭 의 풍경화다"라는 「을숙도 풍경 1」도 있다. "거센 파도의 허 리춤을 꽉 붙들고 있는 방파제 위에 포세이돈 신전처럼 우 두커니 서서 몰운대를 응시하고 있는 빨간 등대에 묻는다/ 지난밤 얼마나 많은 불씨를 파도 속에 은밀히 숨겨 두었느 냐?"라는 「몰운대 등대」도 있고, "저 새벽 바다의 봉인을 제 일 먼저 뜯는 것은 시베리아 빙산에서 달려온 된바람도 아 니고 바다의 막장까지 긁는 트롤선 엔진 소리도 아니며" 제 주해녀의 「숨비소리」라는 시도 있다.

　　내게 최초로 각인된 바다는
　　내 어릴 적 외가가 있던
　　남해안의 어느 한적한
　　어촌 마을 그 바다였다
　　바람에 부화된 파도가

밀려갔다 밀려오는 그 바다는
따지고 보면 바로 내 어머니인 셈이다

파도는 고립으로부터의
탈주인 동시에 무의식의 세계를
매우 역동적으로 폭발시킬 수 있는
힘을 가지고 있다
지금도 내 몸속에는 그 어머니가
밀물로, 때로는 썰물로
한없이 출렁거리고 있다
　　　　　　　　　—「海, 어머니」 전문

　우주는 자연이고, 자연은 모든 생명들의 삶의 터전이다.
배기환 시인이 그의 '아이디명'인 '솔롱고스호'를 타고 새로
운 우주를 창출해낸 것은 우리 인간들의 삶의 터전인 이 지
구가 너무나도 엄청나게 병이 들었기 때문이다. 사랑과 애
정이 담긴 말보다는 더 이상 참고 들을 수 없는 거친 말과
가시 돋친 말들이 난무하고, 눈앞의 이익을 두고 더 이상 눈
뜨고 볼 수 없는 사생결단식의 이전투구들이 벌어지고, 지
구는 점점 더 뜨거워지고, 수많은 생명들이 다 죽어가도록
오염되어가고 있기 때문이다. 사랑과 애정이 담긴 말과 듣
기 좋은 말의 세계는 자연의 세계이며, 너와 내가 손을 잡고
한 폭의 풍경화, 즉, 아름다운 한 편의 시가 될 수 있는 세계
이다. 한 편의 시는 바다이고, 어머니이며, 한 편의 시는 배
기환 시인의 새로운 우주이다.
　배기환 시인의 여섯 번째 시집인 『시간은 기억의 수레를

끌고』는 우주이고 경전이며, 동서고금을 초월하여 영원불멸의 생명력을 얻게 되는 시세계라고 할 수가 있다.

한 편의 시는 새로운 우주이고, 이 세상에서 아름다운 한 편의 시보다 더 고귀하고 위대한 것은 없다.

배기환

배기환 시인은 경남 하동에서 출생했고, 1997년 월간 『詩文學』으로 등단했으며, 『시와 사상』 편집 동인으로 활동한 바가 있다. 한국문인협회, 부산문인협회, 부산불교문인협회, 오륙도 문학회, 한다사문학회, 부산 시문학시인회, 서정의 공간 회원이며, 부산민예총 초대 감사, 부산불교문인협회 사무국장, 부산문인협회 시분과 위원장, 사무처장, 감사, 상임이사와 (사)부산국제문화예술원 감사, 부산국제문학제사무처장, 계간 『한국 동서문학』 편집위원, 부산시문학시인회 회장 등을 역임하였다

2002년 제1시집 『전생을 굽다 1』(동남기획), 2003년 제2시집 『전생을 굽다 2』(작가마을), 2007년 제3시집 『바람의 화석』(시와 사상), 2012년 제4시집 『견고한 생각』(세종), 2016년 제5시집 『젊음의 징비록』(현대시세계사), 2010년 한국해양문학상 수상집 『불멸의 바다 詩篇』과 2019년 한국해양문학상 수상시집 『윤슬의 푸른 수평선』을 발간하고, 실상문학상, 부산문학상 대상, 여수해양문학상 대상, 을숙도 문학상 본상, 해양문학상 최우수상, 한국해양문학상 최우수상 및 대상, 부산일보 해양문학상 등을 수상하였다.

이메일 kj3870@hanmail.net

배기환 시집

시간은 기억의 수레를 끌고

발 행	2023년 7월 25일
지 은 이	배기환
펴 낸 이	반송림
편집디자인	반송림
펴 낸 곳	도서출판 지혜, 계간시전문지 애지
기획위원	반경환 이형권
주 소	34624 대전광역시 동구 태전로 57, 2층 도서출판 지혜
전 화	042-625-1140
팩 스	042-627-1140
전자우편	eji@ji-hye.com
	ejisarang@hanmail.net
애지카페	cafe.daum.net/ejiliterature

ISBN	979-11-5728-511-2 03810
값	10,000원

* 본 도서는 한국예술인복지재단「창작디딤돌」지원을 받았습니다.